DIÁRIO ULTRASSECRETO DE WILL BYERS

São Paulo
2025

EXCELSIOR
BOOK ONE

Escrito por Matthew J. Gilbert

Copyright © 2019 por Netflix Inc. Todos os direitos reservados. Publicado nos Estados Unidos por Random House Children's Books, divisão da Penguin Random House LLC, Nova York. Random House e o colofão são marcas registradas da Penguin Random House LLC. STRANGER THINGS e todos os respectivos títulos, personagens e logos são marcas registradas da Netflix Inc. Criado por The Duffer Brothers.

© 2025 by Netflix CPX, LLC and NETFLIX CPX International, B.V STRANGER THINGS™ são marcas registradas ou em registro da Netflix CPX, LLC e NETFLIX CPX International, B.V. Todos os direitos reservados.

Todos os direitos estão reservados e protegidos pela Lei 9.610 de 19/02/1998. Nenhuma parte desta publicação, sem autorização prévia por escrito da editora, poderá ser reproduzida, transmitida e tampouco utilizada para fins de treinamento de sistemas ou tecnologias de inteligência artificial, sejam quais forem os meios empregados: eletrônicos, mecânicos, fotográficos, gravação ou quaisquer outros. Também está reservada de mineração de texto e dados (Artigo 4(3) da Diretiva (UE) 2019/790). Esta edição foi publicada em acordo com a Random House Children's Books, uma divisão da Penguin Random House LLC.

Excelsior — Book One
Coordenadora Editorial: Francine C. Silva
Tradução: Lucas Benetti
Preparação: Rafael Bisoffi
Revisão: Thaís Tiemi Yamasaki e Silvia Yumi FK
Lettering e Diagramação: Fabiana Mendes
Impressão: PifferPrint

Créditos de imagens: páginas 7, 9, 15, 40, 41, 44, 46, 58 e todos os planos de fundo e texturas da capa utilizadas sob licença de Shutterstock.com

Dados Internacionais de Catalogação na Publicação (CIP)
Angélica Ilacqua CRB-8/7057

```
G393s    Gilbert, Matthew J.
    Stranger Things : Diário ultrassecreto de Will Byers /
Matthew J. Gilbert ; tradução de Lucas Benetti. — São Paulo :
Excelsior, 2025.
    64 p. ; il.

    ISBN 978-65-83545-09-1
    Título original: Will Byers: Secret Files (Stranger Things).

    1. Literatura infantojuvenil 2. Stranger Things (Programa de
televisão) I. Título II. Benetti, Lucas

25-1514                                    CDD 028.5
```

PESSOAL. CAI FORA.

O GAROTO QUE VOLTOU À VIDA

Por Benjamin Buck

Em recente declaração, o Instituto Médico Legal do estado admitiu ter identificado erroneamente o corpo resgatado da Pedreira Sattler como sendo de Will Byers, de doze anos. Will Byers havia desaparecido dois dias antes, motivando a cidade de Hawkins a formar uma equipe de busca na esperança de encontrá-lo. Quando o corpo de um menino foi resgatado da Pedreira Sattler, o caso parecia resolvido. Seis dias depois, a polícia local, comandada pelo delegado Jim Hopper, encontrou Byers vivo em uma cabana abandonada a poucos quilômetros de Hawkins. A polícia abriu inquérito para investigar o legista do estado, que está preso desde então. O delegado Hopper não quis comentar sobre a prisão do legista.

Continua na página 4.

GAROTO ZUMBI

Garoto Zumbi. É assim que me chamam. Mas isso não faz nenhum sentido.

Zumbis já foram pessoas vivas, e aí morreram, e então voltaram, e por isso são chamados de mortos VIVOS. Ou mortuais, como no filme **Uma Noite Alucinante**. Você pode chamá-los do que quiser, mas zumbis estão conectados com a palavra "morto" porque eles realmente **morreram**.

Bom, eu não morri. Só é mais fácil para todo mundo dizer que foi isso que aconteceu.

A VERDADE É que eu fui para outro lugar — O Mundo Invertido. E eu não deveria falar sobre isso. Provavelmente vão me jogar na cadeia só porque estou escrevendo essas coisas.

Na real, tecnicamente, eu nunca morri, então eu não sou um zumbi. Não sou um morto-vivo. Sou um VIVO-morto-vivo. Estou vivo. Mas Garoto Vivo não é tão engraçado assim para os alunos da oitava série, então serei o Garoto Zumbi pelo resto da vida. Ou esquisito, ou nerdão, às vezes tosco e, claro...

ABERRAÇÃO

Will, a aberração.
Jonathan disse que é melhor ser uma aberração do que ser como todo mundo, porque ninguém que é **NORMAL** jamais fez alguma coisa de importante para o mundo.
Mas e para além desse mundo?

LABORATÓRIO NACIONAL DE HAWKINS
DEPTO. DE ENERGIA DOS EUA

Dezembro de 1984

<u>Aos professores e funcionários da Escola de Ensino Fundamental de Hawkins:</u>

Sou o médico responsável por William Byers e, em minha opinião médica profissional, o sr. Byers está bem o suficiente para frequentar as aulas, participar de atividades extracurriculares e interagir com seus colegas, sem problema nenhum.

Além disso, tenho o prazer de informar que William está completamente saudável e necessita apenas dos exames de rotina normalmente realizados em qualquer criança de sua idade. No momento, ele não está tomando nenhum remédio prescrito e está mentalmente são. Suas habilidades cognitivas estão normais.

Embora eu não recomende que ele pratique qualquer esporte de contato, estou liberando-o para as aulas de Educação Física(Desculpe, garoto!).

Se tiverem mais alguma dúvida sobre o estado de saúde de William, não hesitem em entrar em contato comigo diretamente.

Dr. Sam Owens
Diretor de Operações
Laboratório Hawkins, Hawkins (IN)

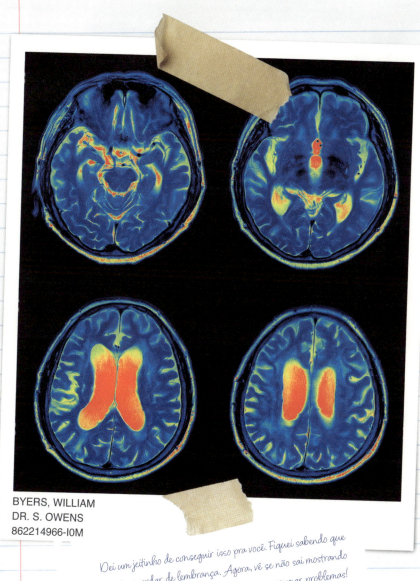

BYERS, WILLIAM
DR. S. OWENS
862214966-I0M

Dei um jeitinho de conseguir isso pra você. Fiquei sabendo que queria guardar de lembrança. Agora, vê se não sai mostrando pra todo mundo na cidade, senão vai me arrumar problemas!

— *Hopper*

WILLIAM BYERS
ESCOLA DE ENSINO
FUNDAMENTAL DE HAWKINS
BOLETIM ESCOLAR
SEMESTRE 1 / 1984

ADP = AUSENTE DURANTE A PROVA
OUV = OUVINTE
DDM = DESISTIU DA MATÉRIA
D/R = DESISTIU-REPROVADO
D/A = DESISTIU-APROVADO
DIS = DISPENSADO
INC = INCOMPLETO
ABA = ABANDONOU
MED = DISPENSA MÉDICA

RECOMENDAMOS QUE CONTATE OS ORIENTADORES ESCOLARES E PROFESSORES PARA CONVERSAR SOBRE A EVOLUÇÃO DE SEU FILHO.

PER	NOME DA MATÉRIA	CURSO	1	2	3	4
01	INGLÊS	0020	B+			
08	HISTÓRIA	0122	C			
06	MATEMÁTICA	0222	D			
02	BIOLOGIA	0322	B+			
03	ARTES	0425	A+			
04	INFORMÁTICA	0555	B+			
05	EDUCAÇÃO FÍSICA (MENINOS)	0828	C			

NOTA MÍNIMA PARA APROVAÇÃO: D-.

Joyce,

    Will tem estado distraído ultimamente. Não sei por onde anda a mente dele, mas, com certeza, não é nos livros. Está tudo bem em casa?

    Me diga o que posso fazer para ajudar Will a recuperar o ritmo, seja com aulas particulares, para estudar para as provas ou apenas para ouvi-lo desabafar. Minha porta está sempre aberta.

                  Um abraço,
                    Mr. Clarke

NOME DO ALUNO	ANO	TURMA
WILLIAM BYERS	7	0001

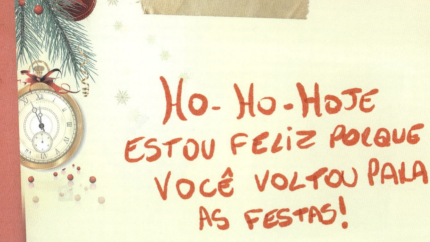

Ho-Ho-Hoje estou feliz porque você voltou para as festas!

Sei que você disse para não dar tanta importância para isso, mas não consigo evitar - você é muito importante para mim. Estou tão feliz que você está saudável o suficiente para passar as festas de fim de ano com a gente, em casa. Estou cansada de médicos, e tenho certeza de que você também está! Te amo muito, muito, muito. Agora, pare de bisbilhotar debaixo da árvore!

Amo você,
Mamãe

É bom saber que você sente que tudo está voltando ao normal
Que venham as festas sem músicas de Natal.

Ao invés disso, vamos ouvir Bowie no talo!

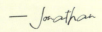

Guarde isso com a sua vida. É a primeira vez em muito tempo que a mamãe não me pede para queimar ou enterrar as fotos dela no quintal.

— Jonathan

Álbuns que eu PRECISO conhecer (de acordo com o Jonathan)

Combat Rock, do The Clash
(É nesse que tem a "Should I Stay or Should I Go".)

The Smiths, do The Smiths
(Esse é fácil de lembrar!)

Let's Dance, do David Bowie
E Scary Monsters (and Super Creeps), do David Bowie
(Os dois são excelentes para ouvir jogando Atari.)

Sei-lá-o-quê, do Joy Division
(esqueci qual álbum Jonathan falou — preciso perguntar pra ele de novo)

E LEMBRE-SE:
Kenny Rogers nunca.

KENNY.
ROGERS.
NUNCA.

"En aaaaamo"
Kenny Rogers!

Que desenho mais lindo, meu amor.
Bob teria adorado!

Te amo,
Mamãe

Bob disse que seria "fácil, fácil".

Bob estava errado.

Não tem como se manter firme quando seu inimigo é **tão grande quanto o céu.** Ainda sonho com ele de vez em quando... lá em cima, nas nuvens, com seus **tentáculos** se estendendo e chegando até onde ninguém consegue ver, exceto eu.

O Monstro das Sombras

Em alguns momentos, eu ainda consigo vê-lo em meus pesadelos. Mas será que ele pode me ver?

Quero acreditar que o Monstro das Sombras se foi para **sempre**, mas isso seria "fácil, fácil" demais.

O Reino das Impossibilidades Possíveis: novas reflexões sobre realidades paralelas

Autor: Dr. Carl Knollmueller

Existem outras dimensões além da nossa? E se existem, podemos entrar nessas realidades paralelas via portais interdimensionais?

Essas possibilidades fascinam a humanidade há muito tempo. Místicos acreditavam que podiam vislumbrar outros mundos. Povos ancestrais tinham a certeza de que sonhos eram visitas a outros planos da existência. Ainda hoje, médiuns afirmam que podem se comunicar com o mundo dos mortos. Tudo isso parece coisa de ficção científica e fantasia, mas cientistas estão levando a sério esse papo de dimensões paralelas, e acreditam que a mecânica quântica

Agora, alguns pesquisadores sugerem que nosso universo é como um rádio, e nós simplesmente estamos "sintonizados" em uma realidade específica.

Isso significa que pode existir um número infinito de realidades paralelas coexistindo conosco no mesmo ambiente e espaço. Isso significa que é possível "girar o seletor" e visitar esses mundos diferentes?

Cientistas como Erwin Schrödinger e Hugh Everett foram os primeiros a analisar essa ide

O Halloween mais assustador da minha vida.

IDEIAS DE FANTASIAS PARA O PRÓXIMO HALLOWEEN
(Acrescente a sua).

Will
- Poderíamos nos vestir como nossos personagens de D&D!!
- OU monstros de filmes!
- OU VOLTRON!!!!

Max
Ei, tenho uma ideia: que tal se os panacas aqui não se fantasiassem ano que vem e evitassem ser ridicularizados publicamente ao menos uma vez na vida?

De nada!

Mike
- Primeira opção: Esquadrão Classe A! Quero ser o Mr. T.
- Segunda opção: Gremlins!

Dustin
O Retorno de Jedi!
Eu sou o Han! Me recuso a ser o Chewbacca.
Se não for Star Wars...
...eu apoio a ideia do Mike sobre os Gremlins. Posso ser aquele que dança break?

Lucas
- Se fizermos o Esquadrão Classe A, Mike NÃO pode ser o Mr. T.
E o nome dele na série é B. A. Baracus, idiota!
- Voltron é massa!

HALLOWEEN DOS HORRORES EM HAWKINS
PLANTAÇÕES DE ABÓBORAS CONTAMINADAS

Bruce Logan / Redação

Fazendeiros locais estão sendo obrigados a destruir milhares de abóboras porque seus campos foram contaminados por pesticida vencido.

A Fazenda Merrill, local muito procurado durante essa época do ano para passeios mal-assombrados, fechou seus portões temporariamente para visitantes para se dedicar à limpeza do local. "É de partir o coração ter que mandar as pessoas pra casa, porque poderíamos usar o dinheiro. Mas não queremos colocar vida de ninguém em risco", disse

Eugene, outro agricultor que lida com as consequências desta quebra de safra, está sendo extremamente cauteloso com seu canteiro contaminado. "Estou queimando tudo. Se você sentir um cheiro ruim vindo da minha fazenda, não é da comida, são as abóboras podres."

CÃES SELVAGENS SÃO OS RESPONSÁVEIS POR ALVOROÇO EM FERRO-VELHO

Vernon Mooney / Redação

Um bando de cães selvagens foi capturado e detido após perturbar os moradores de Hawkins na noite passada, disseram as autoridades do centro de proteção animal. O agente Calvin Powell, da polícia de Hawkins, fez questão de acalmar as pessoas depois de o 190 receber inúmeras ligações se queixando de uivos e barulhos estranhos vindos da mata. "Os latidos eram piores que as mordidas."

Os cães, descritos como inofensivos vira-latas com sarna, procuravam por comida e abrigo no ferro-velho e nos arredores depois do anoitecer.

Uma unidade do centro de proteção animal conseguiu capturar os cães próximo a um ônibus quebrado antes que os animais pudessem causar qualquer dano mais sério à propriedade. A polícia de Hawkins auxiliou no transporte dos cães, que agora se encontram sãos e salvos.

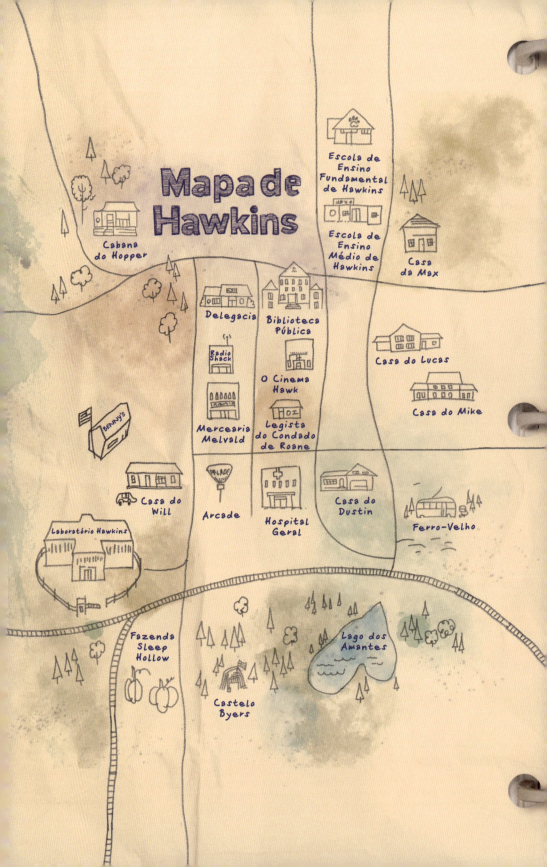

CASTELO BYERS

Largura: 2,28 m
Profundidade: no mínimo 3 m
Altura da entrada: 1,52 m

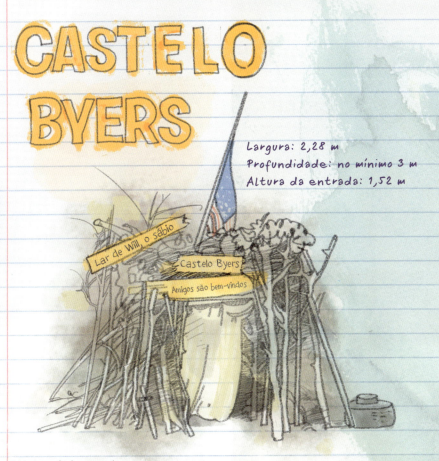

Lar de Will, o sábio
Castelo Byers
Amigos são bem-vindos

Materiais externos: madeiras velhas do papai, fardos de gravetos, tinta para as placas, campainha quebrada, lona para cobrir o telhado, bandeira dos Estados Unidos, espada para defender o forte.

Materiais internos: microscópio para experimentos, lanternas, histórias em quadrinhos, desenhos, latas, mata-moscas, lençóis, travesseiros, sidra de maçã, porções de castanhas.

É necessário uma SENHA para entrar!

Senha do Castelo Byers

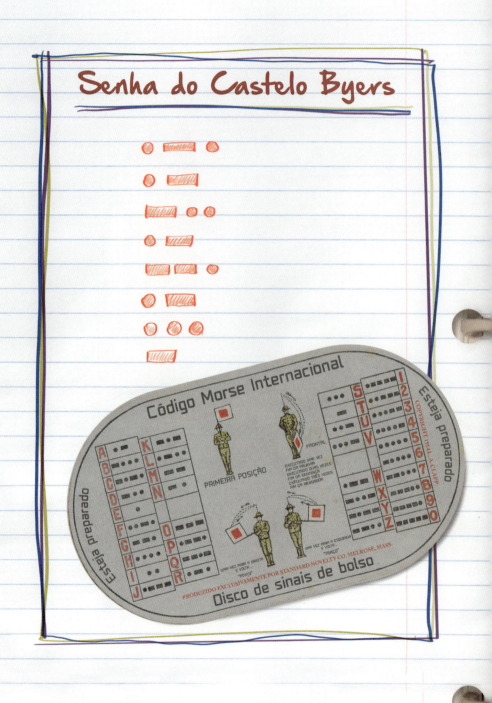

VOCÊ ME VIU POR AÍ?

Will Byers 12 Anos 1,44 m
Cabelos Castanhos, Olhos Castanhos, 33 kg
Visto pela última vez usando: Jeans, Camisa Xadrez Azul, Camiseta Branca. Colete Vermelho com listra bege. Carregando uma Mochila Preta de Lona. Qualquer informação ligue Joyce Byers
555-0141

Olha, sei que você passou por coisas bem tensas, mas eu realmente preciso te dar meu exemplar do X-Men 134?

E se eu te desse algo ainda mais legal? É um item de colecionador que, com certeza, tem muito mais significado – o seu próprio cartaz de Desaparecido.

Quantas pessoas podem dizer que foram até "você sabe onde" e viveram para contar essa história? Você é um verdadeiro sobrevivente, um valentão de proporções épicas.

É surreal pensar que esses pôsteres foram espalhados por toda a escola na época.

Deixa pra lá. Pode ficar com minha HQ do X-Men E o pôster. Você merece!

É bom ter você aqui com a gente, cara.

— Dustin

Lembro como se fosse ontem do dia em que eu expeli uma lesma.

Era na véspera de Natal, do ano passado, e eu senti uma leve coceira no fundo da garganta. Pensei que fosse vomitar, então pedi licença e fui até o banheiro, e foi quando ELA saiu de dentro de mim.

Uma lesma gosmenta do Mundo Invertido.

Eu expeli essa meleca dentro da pia do banheiro. Um ano depois, assisti, horrorizado, ela surgir na casa do Dustin e vir se rastejando de volta para minha vida. Dustin a tratava como um animal de estimação, deu nome, e se conectou a ela como se fosse a melhor amiga dos humanos. Tipo, eu sei... é fácil se apegar a algo pequenininho que faz barulhinhos fofos. Eu amava Chester, nosso cachorro, como se fosse um familiar!

Mas tenho lealdade aos meus amigos antes de qualquer coisa.

O vínculo entre os integrantes de um grupo de D&D é mais forte do que entre um homem e uma fera.

Não é? Não é?

Se a mamãe descobrir que eu revelei isso pra você, ela vai ficar furiosa! Guarde esse segredo pra você!

— Jonathan

Minha mãe comprou pra gente ingressos do relançamento de Uma História de Natal, mas entramos escondidos na sessão de...
A HORA DO PESADELO!
(ideia do Lucas!)

Provavelmente vou dormir com as luzes acesas hoje, e em todas as noites até o Ano-Novo.

(Valeu mesmo, LUCAS.)

TOP 3 FILMES PARA LEVAR PARA UMA ILHA DESERTA

(SEM EMPATES, SEM TRUQUES. ESCOLHA APENAS 3. QUEBRE AS REGRAS E SEJA AMALDIÇOADO POR MAU HÁLITO DURANTE UM ANO INTEIRO!)

Os meus: UMA NOITE ALUCINANTE • O ENIGMA DE OUTRO MUNDO • POLTERGEIST

Max
Mad Max (dã)
Os Caça-Fantasmas!
E... Gatinhas e Gatões.
(Não me julguem.)

Lucas
- Rambo
(Sim, eu sei que o nome é Programado para Matar. Tô nem aí — todo mundo sabe que o nome verdadeiro é Rambo.)
- Loucademia de Polícia
- Os Caça-Fantasmas

Mike
#1º: #1º: Star Wars
#2º: O Império Contra-Ataca
#3º: O Retorno de Jedi
  Menção Honrosa:
  Indiana Jones
  e o Templo da Perdição
  (É, tá certo! Eu escrevi uma menção honrosa. Vou dobrar o consumo de balas de hortelã. Sem problemas. Maldição do mau hálito pra mim. RÁ!)

Dustin
Gremlins, Os Caça-Fantasmas e O Império Contra-Ataca
(MELHOR FILME DE TODOS OS TEMPOS!)

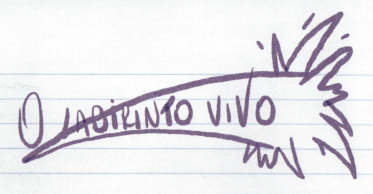

Uma história de Will Byers

<u>Alguma coisa despertou o Mago</u> — um grito estridente que pareceu ecoar por toda a escuridão ao redor dele. Onde ele estava? Tudo o que podia enxergar era o mais profundo breu.

A última coisa que o Mago conseguia lembrar era de guiar seu grupo através da Tumba do Rei Tristan, na esperança de trazê-lo de volta do mundo dos mortos com uma **magia de revivificação**. Então tudo escureceu. Ele escutou novamente — <u>o grito</u>. Eram as paredes ao seu redor que faziam esse barulho esquisito?

O Mago conjurou uma bola de fogo verde para iluminar seu caminho. Agora, ele conseguia enxergar a tumba claramente. De ambos os lados, as paredes de pedra se erguiam por mais de seis metros.

No entanto, elas não eram feitas de pedra.

Elas se moviam para frente e para trás, e um líquido espesso escorria por toda parte.

Eram paredes de carne e sangue!
— Estamos dentro da barriga de um Dragão Negro — disse uma voz atrás dele. Era seu amigo, o Bardo. Ele fazia parte do grupo do Mago. — O barulho que estamos ouvindo é seu rugido.

— Dragões não aparecem nessa região há séculos — disse o Mago.
— Correção: eles sempre estiveram aqui. Há séculos que nós não os vemos. Esses dragões utilizam seu conhecimento em magia para caminhar entre nós sem serem vistos e devorar as pessoas que amamos.

De repente, o Mago se lembrou:
— E quanto ao nosso Guardião? E o Clérigo?

O Bardo apenas apontou para a frente:
— Eu ouvi gritos vindos daquela direção.

O Bardo e o Mago sabiam o que precisavam fazer se quisessem continuar vivos para ver o nascer do sol e seus amigos novamente. Teriam que se arriscar para chegar ao coração da fera, iluminando o caminho, e, então, matar a criatura. Ou poderiam correr o risco de serem digeridos lentamente por um milênio.

O Mago e o Bardo caminharam com dificuldade por águas pantanosas que cobriam seus tornozelos.

Depois que a pele de seus tornozelos começou a arder e queimar, eles perceberam que estavam andando por horas em meio ao suco gástrico do dragão.

— Invoque uma magia de proteção para nós, assim não sofreremos de mais nenhum mal — pediu o Bardo.

O Mago balançou a cabeça. — Receio ser impossível. Estou usando toda a minha magia para iluminar o caminho e detectar nossos amigos. Se ainda estiverem vivos.

— Nós estamos! — disse alguém à distância.

Então, a bola de fogo verde do Mago iluminou ossos não digeridos — e duas pessoas os utilizando como balsas para flutuar em segurança. Eram o Guardião e o Clérigo!

O grupo estava reunido!

Mas eles não eram os únicos que não tinham sido digeridos.

Formas começaram a se mover no ácido em volta deles, como se fosse um cardume. O ácido se agitou em várias ondas, depois o líquido jorrou para todo lado, então, jorrou novamente, até que, por fim, alguns seres surgiram na superfície. Eles eram escamosos, com cabeças cheias de espinhos e tinham presas e caudas.

— Cuidado! — Gritou o Clérigo.

— São os CAÇADORES DE SANGUE!

Graças ao banho de ácido, a pele daquelas criaturas parecidas com lagartos se derretia em tiras enquanto os Caçadores de Sangue cercavam o grupo, deixando seus ossos à mostra. Eles pareciam zumbificados — como se fossem miniaturas de dragões mortos-vivos. A cena era horrível!

O Mago ficou paralisado. Como seu grupo conseguiria sobreviver?

— Use a bola de fogo! — gritou o Guardião.

— Conjure proteção! — interrompeu o Bardo.

— Depressa! — o Clérigo implorou.

Enquanto os membros do grupo lutavam contra os Caçadores de Sangue com os ossos que flutuavam por toda a parte, o Mago poupou sua energia para, então, usar sua sabedoria para armar um plano. <u>Se é sangue que eles querem</u>, <u>é sangue que vão ter!</u>

O Mago conjurou nos vorazes Caçadores de Sangue a magia Sugestão em Massa. Em um idioma antigo que só os monstros eram capazes de entender, invocou o feitiço profano.

De repente, os Caçadores de Sangue se afastaram do grupo e começaram a escalar as paredes. Eles se moviam juntos, como se tivessem mente de colmeia, e continuaram subindo em direção a um buraco escuro.

Os integrantes do grupo largaram suas armas de ossos e olharam uns aos outros, confusos.

— O que você disse a eles? — perguntou o Clérigo.

— Aonde estão indo?

O mago disse, com um sorriso:

— Eu apenas sugeri que o festim que eles desejavam não era do nosso sangue, mas do coração do próprio dragão em que estamos presos! Sigam a horda. Eles vão nos mostrar o caminho para a nossa liberdade!

Usando o feitiço de teletransporte, o Mago deu uma pequena ajuda ao grupo para que pudessem começar a escalada. Eles também subiram as paredes com facilidade, desafiando toda a lógica e a capacidade humana, e ainda acompanharam o ritmo dos Caçadores de Sangue.

Seguindo aquele bando desordeiro enquanto avançavam, o grupo logo percebeu que tinham chegado a uma montanha carmesim que se movia de modo ritmado. Era o coração do dragão!

Os Caçadores de Sangue começaram a rasgá-lo em pedaços, mastigando cada vez mais rápido até que ouviram, mais uma vez, o <u>grito estridente</u>. Só que, dessa vez, o som estava diferente. E trouxe com ele um calor infernal.

O Mago, em toda sua sabedoria, previra o que estava prestes a acontecer. Com o pouco que sobrara de sua energia, ele conjurou uma magia de proteção ao redor de seu grupo — no instante em que um clarão ardente os engoliu..

Uma muralha de fogo envolveu rapidamente o coração, queimando os Caçadores de Sangue vivos...

E carregando o grupo para um lugar seguro em um rastro de chamas.

O dragão apagou.

E eles escaparam do labirinto vivo.

FIM

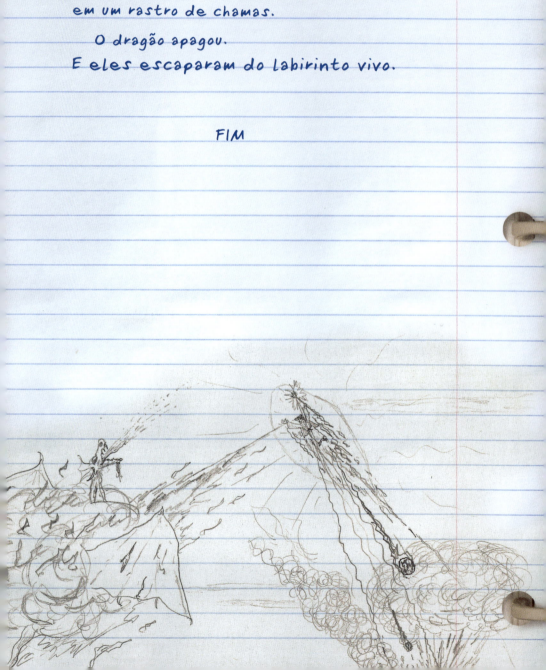

Como terminar Dragon's Lair

Will,

Sei que você teve que lutar pela sua vida, mas você ~~er~~ nunca encarou algo como...

DRAGON'S LAIR!

Eu sei que a animação da TV era ruim, mas esse é o melhor jogo de videogame já feito. Ponto. Fim de papo.

Eu pratiquei bastante e fiquei muito bom enquanto você estava ~~~~ "você sabe onde".

Então pensei em escrever uma pequena estratégia pra você subir de nível, talvez até conseguir zerar o jogo. Você provavelmente não vai resgatar a Princesa Daphne (ela é minha), mas se sairá melhor que o Dustin.

Quando você chegar ao nível 8, o esquema para matar o dragão é...

BAIXO, BAIXO, ESQUERDA, CIMA
BAIXO, DIREITA, ESPADA
ESPADA, ESQUERDA, ESPADA.

Boa sorte!
— Lucas

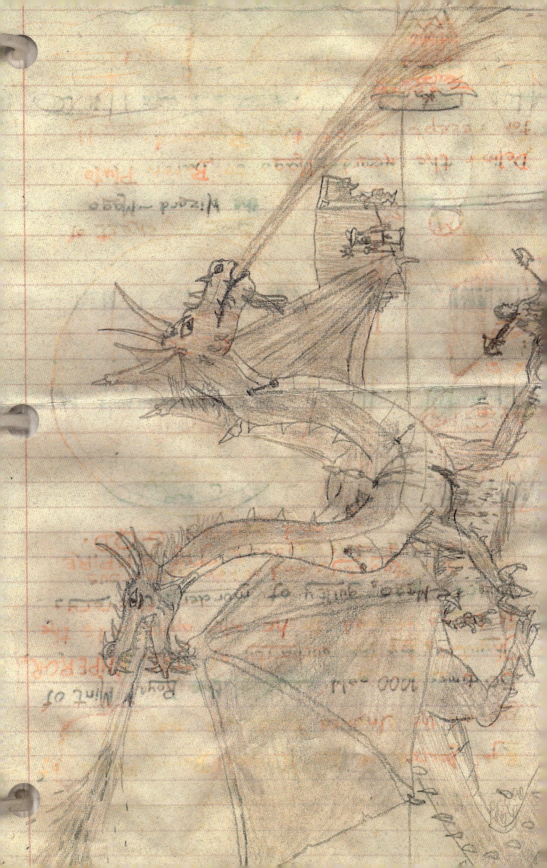

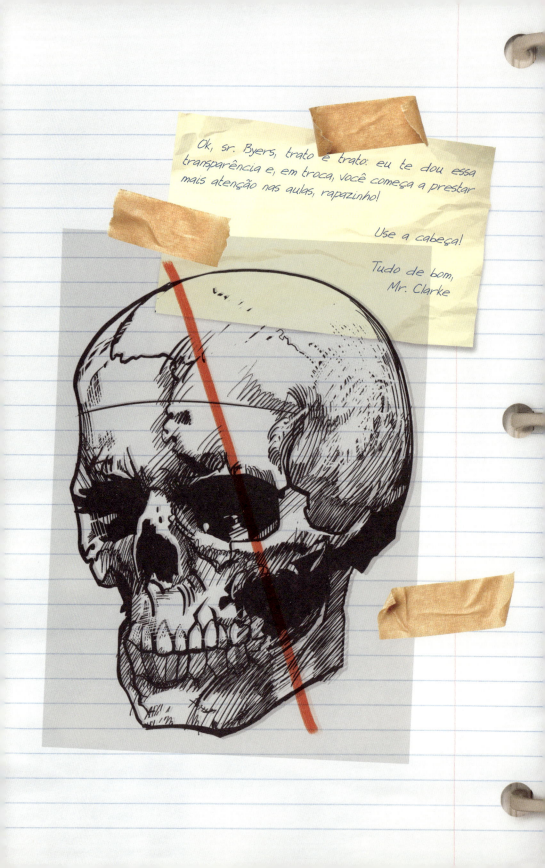

O Estranho Caso de Phineas Gage

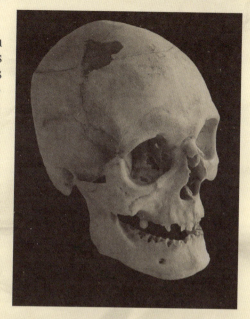

Eventos traumáticos podem mudar as pessoas de maneiras misteriosas. Embora lesões possam ser tratadas e dano físico se recupere, às vezes cicatrizes ocultas e efeitos inesperados permanecem por muito tempo depois do ocorrido. E isso realmente ocorreu no caso de Phineas P. Gage, um trabalhador da ferrovia que sofreu um dos acidentes mais bizarros da história.

Em 13 de setembro de 1848, uma explosão acidental arremessou uma barra de ferro na direção da cabeça de Gage. A barra perfurou sua bochecha esquerda, lesionou boa parte do lobo frontal do cérebro e atravessou seu crânio, indo parar a mais de quinze metros de distância. Não só Gage sobreviveu a esse acidente horrendo, como seus amigos ficaram impressionados ao descobrir que ele ainda podia falar e até mesmo andar até a carroça que o levaria ao médico.

Às vezes chamada de "O Caso da Barra de Ferro", a curiosa história de Phineas Gage estava apenas começando. Embora tenha perdido a visão de um dos olhos e os médicos tenham declarado que "sua memória e outras faculdades pareciam inalteradas", amigos relataram que algo havia mudado. Ele se tornou "rude", "seu raciocínio ficou desequilibrado" e "passou a beber de modo excessivo". Durante os doze anos restantes de sua vida, ele mudou a ponto de seus amigos dizerem que aquele homem "não era mais o Gage".

Lembrado principalmente como uma raridade impacto duradouro na neurologia ini em seu comportamento funções es

Eu não quero ser uma bizarrice médica!!!

2/5 = C−

PROVA SURPRESA DE CIÊNCIAS
3º PERÍODO / SR. CLARKE
ESCREVA DE FORMA LEGÍVEL, POR FAVOR!
NOME: William Byers

Em que ano o sr. Phineas Gage sofreu o acidente que mudou sua vida?
 1850
 Foi em 1848!

O caso ficou conhecido como:
 O Caso da Barra de Ferro
 Correto

Depois do acidente, o sr. Phineas Gage passou a ser chamado de:
 Não Mais Gage
 Correto

Qual área do cérebro de Phineas foi atingida pela barra de ferro?
 Telencéfalo
 Foi o "lobo frontal"!

Considerado inapto ao trabalho após o acidente, o sr. Phineas Gage acabou se tornando:
 Um eremita
 Ele virou exposição viva de museu no Barnum's!

Adaga da Verdade

Esse é meu contato direto na delegacia. Se alguma coisa estranha acontecer, me liga. Perdi meu Lego, pode investigar? Não. Pode bater em fulano e beltrano da minha escola? Não. A polícia pode me escoltar até o fliperama para ultrapassarmos os semáforos vermelhos? Não.

É só para coisas importantes. Importantes.

Entendeu?

—Hopper

DELEGADO JIM HOPPER
POLÍCIA DE HAWKINS
Ramal 024

VÂNDALOS SÃO PRESOS POR ROUBAR O BRADLEY'S BIG BUY

Rita MacReady / Colaboradora

O fim de semana começou com a Polícia de Hawkins conseguindo prender os vândalos juvenis que supostamente quebraram os vidros do Bradley's Big Buy antes de roubarem caixas de waffle congelado, afirmaram os oficiais.

Os jovens delinquentes, cujos nomes seguem em sigilo, poderão responder por conduta criminosa, dano ao patrimônio e roubo.

A polícia não informou o motivo

identificado, ponderou: "Quem é que sabe por que as crianças fazem o que fazem? Num dia estão pulando e, no dia seguinte, estão roubando waffles".

Nem o gerente da loja, nem os familiares dos garotos foram encontrados para comentar o caso.

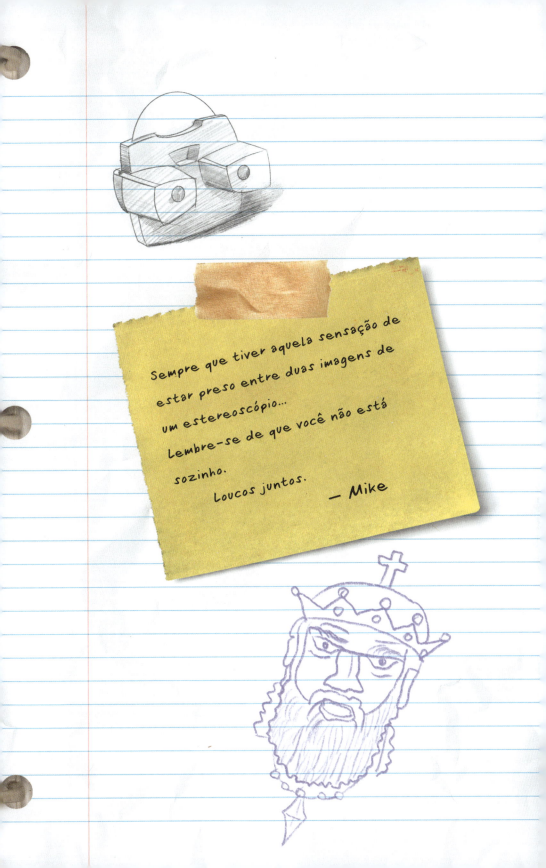

Sempre que tiver aquela sensação de estar preso entre duas imagens de um estereoscópio...
Lembre-se de que você não está sozinho.
Loucos juntos.
— Mike

Palhaçadas por aí: Ninguém parou de rir quando o sr. Baldo encantou as crianças na feira do condado de 1954.

Eu disse a você que ele era real — sr. Baldo. Ele me assustou tanto quando eu tinha a sua idade, que tive pesadelos por meses. Então, um dia, decidi que era hora de dar um basta.

Eu olho para essa foto de tempos em tempos para me lembrar de que o que nos assusta é, bom, tão ridículo quanto esse palhaço idiota.

Lembre-se, Will, está tudo na sua cabeça. Se quiser, você pode acabar com o que te assusta. Você pode revidar. Pode fazê-lo ir embora.

Eu acredito em você.

— Bob

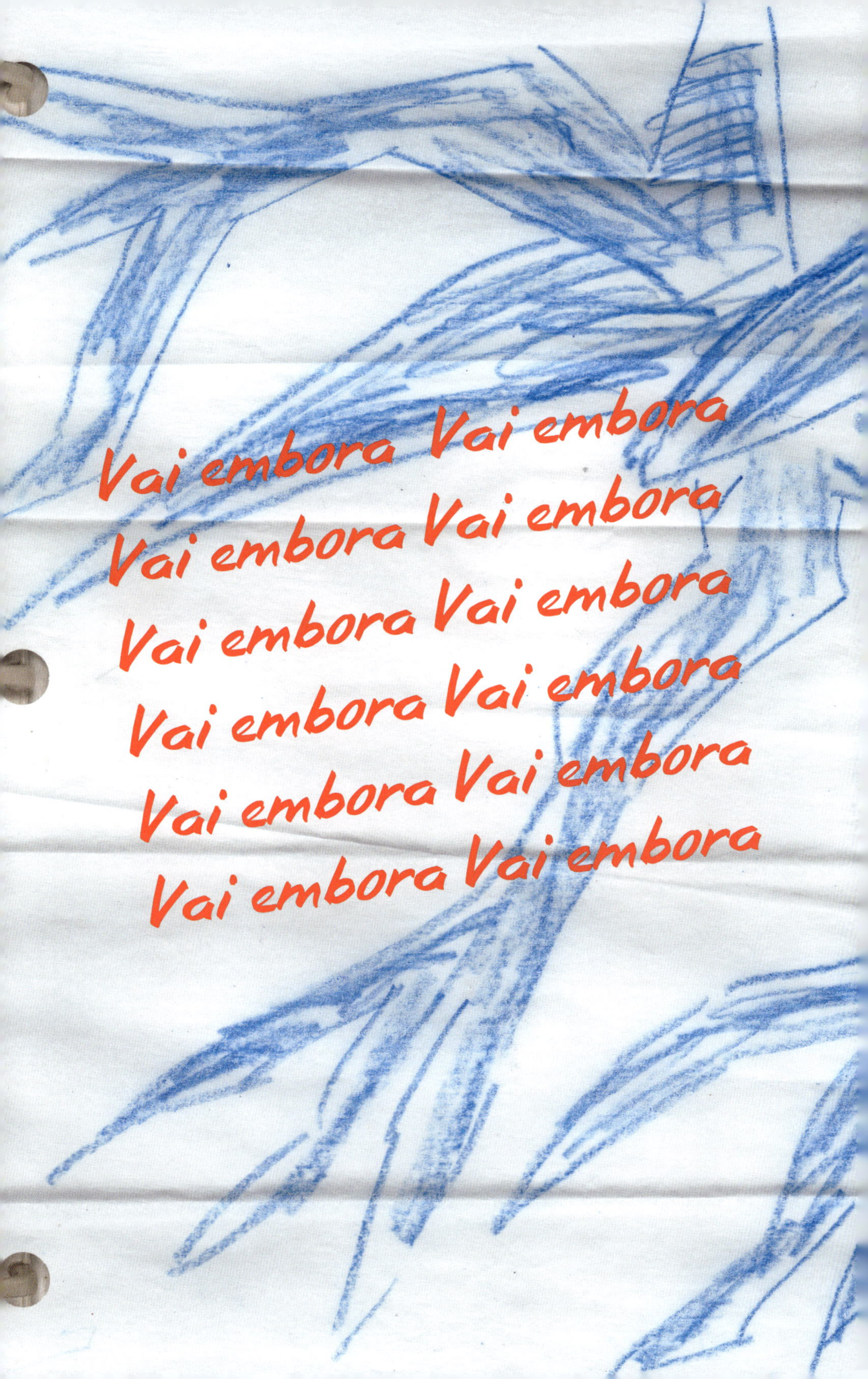

Vai embora Vai embora
Vai embora Vai embora
Vai embora Vai embora
Vai embora Vai embora
Vai embora Vai embora
Vai embora Vai embora

Tenho pensado bastante sobre as LEMBRANÇAS-DE-AGORA ultimamente. Fico recordando e tentando encontrar sentido nessas coisas todas.

Já tentou escrever o resumo de um livro enquanto dorme profundamente?

Foi assim que eu me senti, tentando enviar uma mensagem enquanto <u>ele</u> me controlava...

O Monstro das Sombras...

Suas visões inundaram minha mente tão rápido, me fazendo enxergar o que ele enxergava e duvidar do que eu sabia, mergulhando cada vez mais fundo, para além do limiar. Achei que estava enlouquecendo.

No Mundo Invertido, eu conseguia me comunicar com minha mãe. Podia usar minha voz.

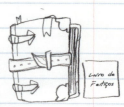

Mas nas Lembranças-de-Agora, esqueço das palavras no momento em que me lembro delas. Palavras como "espalhando", "maligno", "perigo" e "atravessando". Sabendo o que o Monstro das Sombras sabia, podia ver que era só questão de tempo até ele abrir um buraco em Hawkins.

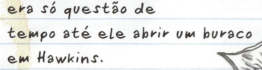

Minha mãe me ensinou a dançar, mas acho que ela não sabia o que estava fazendo, porque o Jonathan ficou nos assistindo o tempo todo e quase se mijou de tanto rir. Pra que estou indo ao Baile de Inverno? Não é como se alguém fosse me chamar pra dançar.

Todo mundo da nossa sala me acha esquisito.

Mamãe disse que eu devo ir porque preciso criar novas lembranças para mim, diferentes das Lembranças-de-Agora.

Talvez não seja tão ruim assim. Todos os meus amigos estarão lá, e nós finalmente descobriremos qual é o grande segredo do Dustin. Ele não para de falar disso. Será que ele aprendeu a fazer o moonwalk ou algo assim?

Mandou bem, Garoto Zumbi
— Jonathan

Me encontrei com On pela primeira vez, de novo, essa noite, no Baile de Inverno.

Parece estranho, mas é verdade. Já nos encontramos antes, só que não foi bem assim.

Isso não faz nenhum sentido.

Encontrar alguém por meio de uma visão realmente conta como um encontro?

É assim que me lembro dela – uma visão, uma alucinação, quase como os Fantasmas da Força de Star Wars. Em um instante, ouvi uma voz feminina, e aí, bum – lá estava ela, no Mundo Invertido. Ela me disse que em breve chegaria ajuda, e então desapareceu magicamente bem diante dos meus olhos.

Os meninos falam dela o tempo todo.

Bem, Mike é quem mais fala. Tenho certeza de que ele está apaixonado.

Eu não sabia o que dizer a ela pessoalmente. O que dizer a quem salvou sua vida e literalmente te tirou do inferno?

Tudo o que consegui pensar foi "olá" e "prazer em conhecê-la... de novo".

21 DE DEZEMBRO
18H – 22H
escola de ensino fundamental de hawkins
QUADRA
entrada gratuita. necessário traje formal.

CONTA COMIGO
- ON

PNEU DE VAN CAUSA CONFUSÃO EXAGERADA

Ash Campbell / Colaborador

Todo o pânico começou com relatos impressionantes de uma van da Hawkins Energia e Luz "girando" no ar no cruzamento da Rua Elm com a Alameda Cherry. O que realmente aconteceu: o veículo perdeu o controle quando a roda da frente estourou inesperadamente. O motorista, Bill Jefferies, trabalha na Hawkins Energia e Luz há quase vinte anos. "Coisas assim acontecem o tempo todo. Não acredite em tudo o que te falam."
Trabalhadores no local disseram que praticamente nada foi danificado nos arredores.

Parece que um certo pneu não é a única coisa murcha por aqui — as histórias da van flutuante são puro papo furado, de acordo com o oficial Phil Callahan, do Departamento de Polícia de Hawkings. "Eu acho que algumas pessoas têm muito tempo sobrando."

A GAROTA ELÉTRICA
UMA NOVA LUZ SOBRE UM PODER SOMBRIO

Em 1846, em uma pequena cidade na França, havia relatos de que uma jovem garota chamada Angelique Cottin manifestava poderes fantásticos e inexplicáveis. Pessoas afirmavam que ela podia mover objetos e provocar descargas elétricas com sua mente. Alguns diziam que isso era coisa do demônio ou de poltergeists. Outros alegavam que ela era simplesmente uma fraude. Independentemente da resposta, a história dela é um dos primeiros casos documentados sobre o que viria a ser conhecido como telecinesia.

Do grego, τηλε- (à distância) e κίνηση (movimento), a telecinesia é um suposto poder psíquico que permite às pessoas influenciarem o mundo real por meio de seus pensamentos. Relatos dessa habilidade são méto... estão lançando nova luz sobre esse fenômeno misterioso.

Mais recentemente, o mundo ficou fascinado pelos vídeos em preto e branco da suposta médium soviética, Nina Kulagina. Experimentos de laboratório supostamente documentaram seus poderes telecinéticos enquanto ela movia objetos em uma mesa e até mesmo controlava as batidas do coração de um sapo. Apoio e críticas vieram de todos os cantos da comunidade científica. Relatos ainda dizem que o Departamento de Defesa dos Estados Unidos investigou ativamente as alegações.

Mas o que isso significa para as histórias de Angelique Cottin? Pesquisadores da Universidade da ... arquivos

Tenho muita pena da On. Ter poderes assim não deve ser fácil. Eles podem acabar afastando você. Fazendo você se sentir sozinho. Acho que sei como ela se sente.

LOJA LOCAL FECHARÁ AS PORTAS

Chris Foster / Editor-chefe

Donald Melvald, dono da loja

Hawkins – Donald Melvald anunciou que pretende fechar sua loja, Mercearia Melvald, no próximo mês. A loja tem sido...

"Foi um grande prazer servir essa cidade", disse Melvald. "Porém, é cada vez mais difícil competir com grandes redes e shoppings. Pensei que esse lugar duraria mais do que eu, mas já não posso mais negar a realidade das finanças."

"Não tenho ideia do que vou fazer", disse Joyce Byers, funcionária da loja desde 1973. "Não é fácil encontrar trabalho aqui. A gente vai dar um jeito. Que opções nós temos?"

Jeffrey Logan, outro funcionário da loja, faz coro às preocupações: "É uma verdadeira decepção".

Não importava se queriam produtos para a casa, decoração para festas ou apenas uma conversa amigável, os clientes sabiam que sempre poderiam encontrar qualquer coisa na Melvald. Até o momento, ainda não se sabe quem substituirá a loja.

"É um espaço comercial bem grande, e eu não tenho certeza se...

Isso não é bom. Justo agora que tudo estava voltando ao normal, a vida quer dificultar. Mamãe está preocupada de novo. Ela disse que tudo vai ficar bem, mas eu sei que não. Às vezes, eu escuto ela chorar. Gostaria de poder fazer alguma coisa para ajudar!

A GUERRA PARANORMAL

ESPIÕES RUSSOS ESTÃO LENDO SUA MENTE?

Por Murray Bauman

Os Estados Unidos e a União Soviética têm lutado a Guerra Fria em vários fronts, das ruas de Berlim aos confins do espaço. E agora podemos incluir o reino dos fenômenos paranormais. Parece ficção científica, mas é verdade. Documentos descobertos recentemente por esse repórter revelam que o exército dos EUA e o Kremlin têm utilizado soldados sensitivos desde meados dos anos setenta. Visão remota é a habilidade psíquica de enxergar lugares distantes, possivelmente por meio do uso de telepatia. Imagine o potencial: todas as salas do Pentágono poderiam ser invadidas, todas as reuniões no Langley seriam

pela primeira vez a Visão no Instituto de Pesquisa de Stanford, no início dos anos setenta. Isso chamou a atenção da CIA e se tornou uma operação secreta desde então.

Sabe-se menos sobre as pesquisas soviéticas em torno do que eles chamam de

SEGREDOS CHOCANTES REVELADOS!

National Investigator

Jonathan e Nancy, os jornais não vão dar ouvidos. Teremos que espalhar a palavra.
— *Murray*

Marc Ackerman
Editor Executivo

Murray,
Você é meu amigo e eu gosto do seu trabalho — mas já basta dessa loucura de espiões russos! Publicamos um artigo. Era interessante, mas eu não posso publicar uma série inteira! Não passa credibilidade e não é o que os leitores querem. Se você puder analisar do ponto de vista dos O.V.N.I.s, ou talvez fizer algo sobre o Elvis e o Pé Grande, talvez eu possa avaliar. Além disso, Indiana não serve para mim. Hoje em dia, as pessoas gostam de Miami — é uma cidade que está decolando.
Que tal "Cultos de dietas paranormais em Miami"? Se me escrever 800 palavras sobre isso, prometo ler com carinho.

Vamos marcar aquele almoço em breve,
　　　Marc

Открыть Ворота

Nancy,
Eu não gostei do que Murray tem a dizer.
Estou preocupado com o Will.

— *Jonathan*

CELEBRE OS ESTADOS UNIDOS!

4 de julho, e nós estaremos abertos ao público!

SCOOPS ⚓ AHOY
SORVETERIA

Mostre esse anúncio e ganhe uma casquinha*

*Limitado a uma por cliente.

Dustin,

Diga aos seus amigos que isso serve para qualquer dia que eu estiver trabalhando. MAS NÃO EXAGEREM!

— Steve

Steve vai nos dar sorvete grátis!
— Dustin

Verão de 1985!

Eu nunca estive tão feliz por chegar ao fim do ano letivo. Foi um ano horrível, e eu quero deixá-lo para trás. Bom, quero deixar todas as coisas ruins para trás e guardar as coisas boas.

Mas o passado nem sempre quer ficar pra trás. Às vezes, ele gruda em você. Ele segue você.

E as coisas não melhoram só porque você quer que melhorem. A vida nem sempre é fácil, fácil.

O Ensino Médio vai ser bem estranho. Talvez será melhor. Até lá, estou pronto para o verão.

Estou pronto para uma nova história.

Mike gosta de nos lembrar que é necessário ter Visão Verdadeira para enxergar o futuro, mas a verdade é que eu não preciso disso. Pela primeira vez na vida, sei exatamente o que o futuro me reserva, e não preciso de nenhuma habilidade paranormal para provar que estou certo.

Só preciso de esperança.
E de arte.
E de minha família.
E, por último, mas não menos importante,
de meus amigos, de meu GRUPO.
Espero que a gente só encontre Demogorgons
e Devoradores de Mente em uma masmorra
de papel com um dado de 20 lados nas mãos.

Espero que o Mundo Invertido fique bem, bem longe da gente.
Espero que a vida volte ao normal, mas que sejamos aberrações para sempre.

Como o Jonathan diz,

"Ser uma aberração é Bom demais."